我在孔庙
读经典

在《诗经》中探索自然

杭州西湖国学馆
杭州市文物遗产与历史建筑保护中心
编著

红旗出版社

"我在孔庙读经典"编委会

主　　编：金霄航　　周媛媛

副 主 编：段　虹　　王筱杰　　方　琦　　姚　瑶

编　　委：胡　骁　　连珏艳　　赵丽君　　郎爱萍

　　　　　王晨晨　　谢亚玲　　杜莹莹　　韩亚凤

　　　　　沈哲卿　　言　妍　　金　晓　　高　艳

支持单位

上城区政协文润童心委员工作室

编者有话

南宋太学石经之《诗经》

《诗经》是一本什么样的书？

《诗经》，是中国最早的诗歌总集，相传为孔子所编订。《诗经》收集了西周初年至春秋中叶的诗歌，共311篇（其中6篇为笙诗。笙诗只有标题，没有内容）。

《诗经》的名字是怎么来的？

在孔子生活的时代，《诗经》被称为《诗》或《诗三百》。

由于秦始皇焚书坑儒，至汉代保存下《诗经》的仅有四家：鲁人申培所传的《鲁诗》，齐人辕固所传的《齐诗》，燕人韩婴所传的《韩诗》，鲁人毛亨、赵人毛苌传下的《毛诗》。其中前三家都先后失传，我们现在读的《诗经》，便是《毛诗》。

汉代，汉武帝"罢黜百家，独尊儒术"，将孔子所整理过的书称为"经"，《诗》也被朝廷正式奉为儒家经典，于是有了《诗经》之名，并沿用至今。

《诗经》有哪些内容？

《诗经》分为风、雅、颂三个部分。

■风，包括十五国风，共160篇，主要为地方风土歌谣。

■雅，包括《大雅》31篇、《小雅》74篇，主要为王畿之乐。王畿，指王城周围千里的地域。雅，有正的意思。由于当时把王畿之乐看作是正声，即雅正的音乐，故以此为名。

■颂，包括《周颂》31篇、《商颂》5篇、《鲁颂》4篇，主要为宗庙祭祀音乐。

《诗经》的作者是谁？

除了周王朝中央地区产生、流传的乐歌，那些各诸侯国的歌谣是如何汇集过来的呢？

一种说法是"采诗说"，认为周王朝派专门的采诗人到民间搜集歌谣，晓民情、观风俗、知得失。据说，周代设有采诗的专官，叫作"遒人"或"行人"，到民间采诗。

另一种说法是"献诗说"，认为各国的歌谣是在天子巡狩时由诸侯献给天子的。

总之，无论是通过什么途径采集，这些歌谣最后在周王室的乐官那里，被逐渐收集保存下来。经过加工整理，这些诗歌的形式、语言逐渐成为大体一致的样子。

《诗经》讲了哪些事？

《诗经》中的诗篇反映了现实的世界和日常的生活与经验。

其中有婚恋、家庭之诗，如《关雎》《南山》；

有交友或宴请之诗，如《木瓜》《鹿鸣》；

有活泼的劳动之诗，如《芣苢》《十亩之间》；

有送别或思念之诗，如《二子乘舟》《采葛》；

有残酷的战争之诗，如《击鼓》，或同仇敌忾的战争之诗，如《无衣》；

有感叹国家兴亡盛衰之诗，如《黍离》；

有美好的赞颂之诗，如赞美高大威猛的仁善猎人的《卢令》，赞颂品行高洁、生活快乐的隐士的《考槃》，赞美为天子管理鸟兽的小官吏或猎人的《驺虞》，赞颂周文王的《思齐》；

有充满希望的祈祷、祝愿之诗，如祈祷多子多孙的《螽斯》，祈祷幸福美满婚姻的《桃夭》；

有祭祀的祭歌，如《丰年》；

…………

在《诗经》中探索自然奥秘，学习探索方法

南宋太学石经之《诗经》

风云雨雪，日月星辰；天地山川，鸟兽草木……

大自然的馈赠是如此广博与奇妙、珍贵又美好。春花秋月，夏萤冬雪，随着时节的流转，我们能源源不断地感受到天地万物的变化，从中得到情感的陶冶、智慧的启迪。

在本册的旅途中，我们将通过四首诗歌中的自然物语，感受《诗经》的细腻描写、风物万象。

选给孩子们的诗

《诗经》的内容丰富多样,我们挑选出富有代表性的篇目,篇目选择标准主要立足于以下三点:

1. 贴近孩子的接受能力。多倾向语句简短、音韵和美、内容单纯、情感明晰的篇章。

2. 有助于孩子的健康情感养成。带领孩子们感知世界,理解人世,习养礼仪,学会深入思考问题。

3. 内容尽量多元。既有缠绵悱恻的阴柔伤怀之作,也有正大雄强的阳刚慷慨之诗,让孩子们能获得多种文化熏陶。

序

　　杭州孔庙是宋元明清四朝府学所在地，曾在1142年被增修为南宋最高学府——太学，在杭州历史上具有重要地位。自2008年复建开放以来，杭州孔庙依托丰富的馆藏碑刻资源，与杭州西湖国学馆一起探索实践，持续推出针对青少年启蒙教育的系列生动课堂，深受孩子们的喜爱，也颇得家长们的好评。现将系列启蒙教育的部分成果加以整理，以期让更多的家庭共飨优秀传统文化的精华。

　　"我在孔庙读经典"系列图书以传统经典为核心内容，从诵习经典入手，穿插天文地理、鸟兽虫鱼、礼仪习养、文字文学、历史风俗等多模块知识，为小读者提供丰富有趣的文化体验。

　　在杭州孔庙读经典，与您一起慢慢推开通往中华优秀传统文化的大门。

　　我们首选《诗经》的内容作为该系列的起始篇，是因为《诗经》不光是先秦社会生活百科全书，同时也是蒙学著作，为孔夫子所重视。《论语》有云："不学诗，无以言。"孔子常常引用《诗经》的原文来引导学生。

　　《诗经》的内容延至后世，至今日，其教导意义更为丰富。"诗"可以培养孩子"兴（联想）""观（观察）""群（交友）""怨（评论）"等多方面能力，教授孩子草木鸟兽之名和优良礼仪，从而引导孩子形成君子品格。

　　品读经典，感悟古人眼中的万物与自然，领悟中华民族优秀传统文化。让孩子们在经典中获得些许艺术熏陶与心性培养，便是我们编者的初心。

金霄航

目录

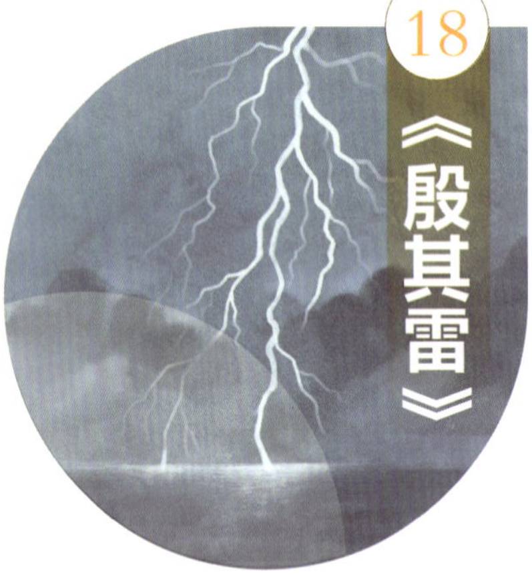

《关雎》 02

《芣苢》 10

《殷其雷》 18

《月出》 26

附录 34

古人为何如此钟情于自然生灵?
自然的意象背后,
又隐藏着怎样的情感与故事?
一起在字里行间追寻这穿越千年的脉动吧!

《关雎》

国风·周南·关雎

关关雎鸠，在河之洲。窈窕淑女，君子好逑。
参差荇菜，左右流之。窈窕淑女，寤寐求之。
求之不得，寤寐思服。悠哉悠哉，辗转反侧。
参差荇菜，左右采之。窈窕淑女，琴瑟友之。
参差荇菜，左右芼之。窈窕淑女，钟鼓乐之。

字词注释

关关：拟声词，雌雄水鸟相互呼应着叫的声音。

雎鸠：一种水鸟。

窈窕：形容女子美好的样子。

逑：配偶。

参差：长短不齐的样子。

寤寐：寤，醒着；寐，睡着。可以理解为"日日夜夜"。

思服：思，语气助词，无义。服，挂念、思念。

悠哉：形容思念深长的样子。

芼：择取。

乐：这里指"使淑女快乐"。

今译

雎鸠关关对着唱，栖息河中小滩上。善良美丽好姑娘，她是君子好对象。
长长短短鲜荇菜，顺着流水左右采。纯洁美丽好姑娘，日夜想着她模样。
追求姑娘难实现，日里梦里意常牵。让我如何不想念？翻来覆去不成眠。
长长短短鲜荇菜，左右两边来回采。善良美丽好姑娘，弹琴鼓瑟亲无间。
长长短短鲜荇菜，左左右右把它采。纯洁美丽好姑娘，敲钟击鼓乐开怀。

《关雎》的主旨历来众说纷纭，风化诗、爱情诗，今天也有学者认为这是西周贵族婚姻典礼上的乐歌。总的来说，这是一首关于君子、淑女婚恋的诗篇。

鸟鸣、流水、水草、沙洲……河洲景色清新美好，谦谦君子与窈窕淑女可谓佳偶天成。君子盼望好姻缘，朝思暮想、真诚追求，最终与淑女两情相悦，通过婚礼组成美好家庭。而万千小家组成大家，最终成为我们的国。没有安宁的家就没有安宁的国。这或许就是古人将《关雎》放在《诗经》第一篇这个重要位置上的原因吧。

雎鸠

"关关雎鸠，在河之洲"

雎鸠　选自《诗经名物图解》

雎鸠生活在水边，喜欢吃鱼。

它的叫声听起来像"关关"，两只雎鸠相互应答，就如同是在对话。

它们有固定的配偶，常常雌雄相伴而行，姿态优雅，感情和谐美好。

古书中的雎鸠，我们并不能确定是今天的哪一种水鸟。古往今来的学者们给出了很多答案。

有人说，是凶猛的鱼鹰，有尖尖的爪子，常在水域捕鱼。

有人说，是类似绿头鸭的水鸟，嘴巴扁扁的，有点像鸭子。

观察图片，这两种鸟有哪些相同点和不同点呢？

鱼鹰 　　　　　　　　　　　绿头鸭

凶猛的鱼鹰和呆萌的绿头鸭，你更喜欢哪一种？你觉得哪种更符合诗中的意境？

"参差荇菜"

荇菜　选自《诗经名物图解》

荇菜，又写作"莕菜"，别名"接余"，生长在水中，圆圆的叶子浮在水面上，与睡莲叶子十分相似。

它纤细的茎拉着小叶子在水中漂荡，就像一条条翠色的丝带。

它会开出鲜黄色的小花，花瓣中间组成一个五角小星星，又向外延展成毛边的圆瓣。

你的身边有哪些常见的水生植物呢？

这三种水生植物的叶子非常相似，你能找找它们的区别吗？

莼菜　　　　　　　　荇菜　　　　　　　　睡莲

荇菜的生命力十分旺盛，绿色的圆叶铺满水面，每到花期便开满星星点点的小黄花。

而且，它还是古人餐桌上的食物呢。有记载说荇菜丛生水中，江东食之。三国吴学者陆玑还曾记载荇菜的吃法。不过可能是味道不佳，后来人们的食谱越来越丰富，就渐渐不再食用荇菜了。

07

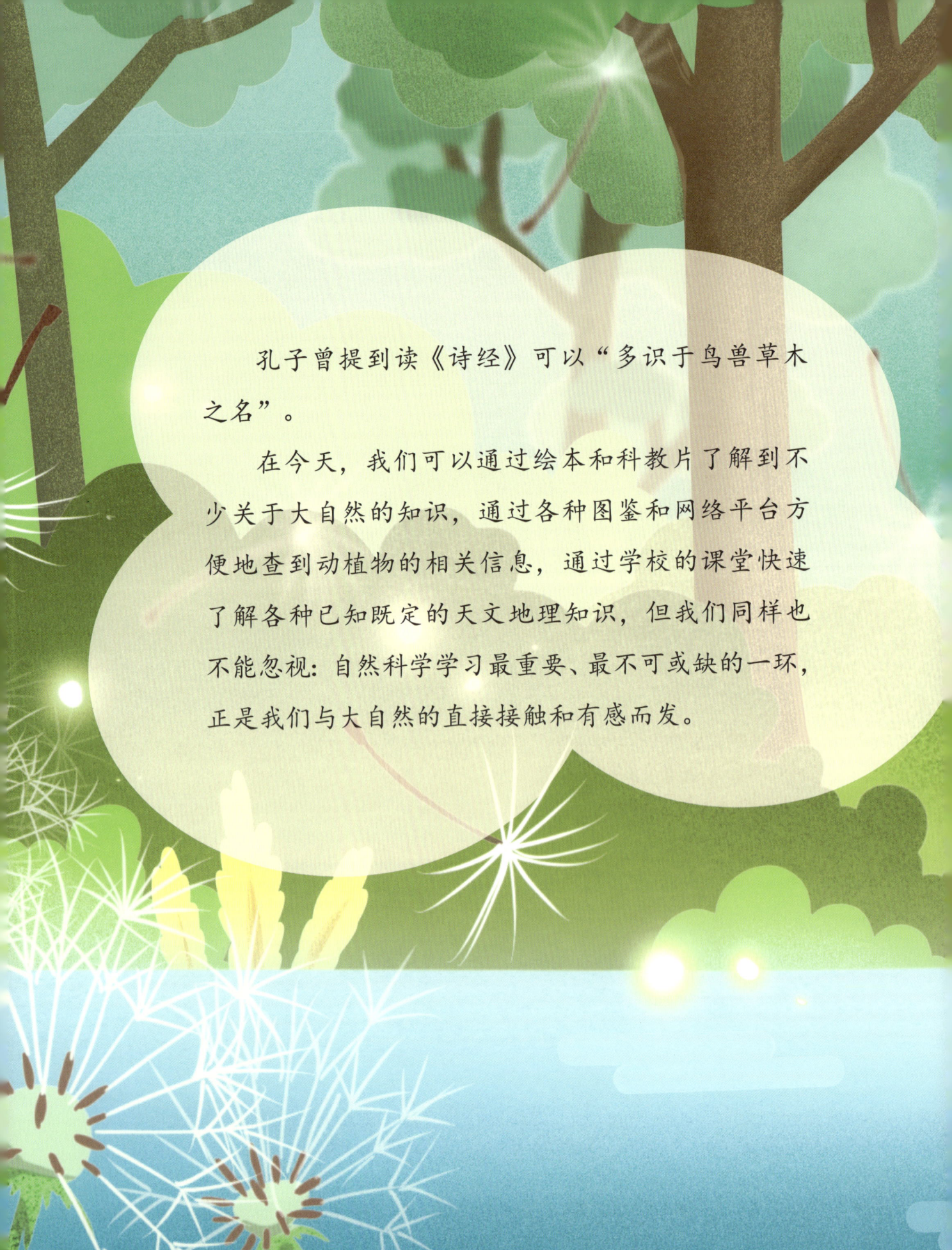

孔子曾提到读《诗经》可以"多识于鸟兽草木之名"。

在今天，我们可以通过绘本和科教片了解到不少关于大自然的知识，通过各种图鉴和网络平台方便地查到动植物的相关信息，通过学校的课堂快速了解各种已知既定的天文地理知识，但我们同样也不能忽视：自然科学学习最重要、最不可或缺的一环，正是我们与大自然的直接接触和有感而发。

自然观察快速入门（以植物观察为例）

观察地点：郊外、公园、学校、社区、街道、商场……

观察对象：任何吸引你的植物

观察工具：方便携带的本子和笔、放大镜、小镊子

视觉 看一看，花、叶、果实是什么形状和颜色？

嗅觉 闻一闻，花是否带着香味？叶子是否能散发出味道？

触觉 摸一摸，叶片是光滑还是粗糙的？长茸毛的叶子有什么触感？

味觉 在确认无毒并清洗干净的情况下，尝一尝，植物的果实是什么味道？

听觉 听一听，风吹过树木时，植物会发出怎样不同的声音？

观察方法：调动全方位的感官去感知

注：在整个过程中，一定要爱护植物，不可以随意破坏哦！

观察秘诀：一边观察一边记录，持之以恒。

《芣苢》

国风·周南·芣苢

采采芣苢，薄言采之。
采采芣苢，薄言有之。
采采芣苢，薄言掇之。
采采芣苢，薄言捋之。
采采芣苢，薄言袺之。
采采芣苢，薄言襭之。

字词注释

采采：采了又采，采摘。也有人说是形容色泽鲜明的样子。

芣苢：车前草，叶大有穗，多生长在路边。

薄、言：都是发语词。

有：采取。

掇：拾取。

捋：从茎上成把地抹下来。

袺：手提着衣襟兜着。

襭：把衣襟系在腰带上兜着。

今译

采采车前草,快来采采它。采采车前子,快来采到它。

采采车前草,快来拾取它。采采车前子,快来捋取它。

采采车前草,衣襟兜着它。采采车前子,衣襟藏着它。

这是一首劳动者们在田间采摘芣苢时所唱的短歌。

芣苢就是我们今天说的"车前草",是一种随处可见又富有药用价值的植物。

本诗三章叠咏,十分简洁。每章大部分都相同,只有表示采摘的六个动词不同,读来朗朗上口、生动立体。我们仿佛可以看到,在车前子成熟的季节,农家女三三五五相伴,在田野中采摘药草、以歌对答。歌声若远若近,忽断忽续,余音袅袅,令人心旷神怡。

反复吟咏这首诗,想象田间劳作时人们用不同的腔调对唱的场面,一起把这份快乐和舒畅通过声音传递出去吧!

芣苢

"采采芣苢"

芣苢　选自《诗经名物图解》

芣苢，又叫车前草，它的种子就是车前子。芣苢还有很多别名，比如：当道、地衣、车轮菜……

它是一种多年生草本植物，全体光滑或稍有短毛，一般生长在路边、山野、河边等地。它的叶片多为椭圆形，叶边有不规则的波状浅齿，一圈叶子就像莲花座一样，中间伸出长长的穗子。

它也是一种常见的中草药，有清热利尿、凉血解毒、清肝明目、清肺化痰等作用。

"车前草"是怎么来的？

马武与车前草

汉代名将马武，为人正直，豁达敢言，协助刘秀建立起东汉政权，多年征战在外，是著名的云台二十八将之一。

传说有一次他率兵远征，军队行进到一个陌生的地方，周围荒无人烟，全军都被困住了。当时正是炎炎夏日，又赶上多日无雨，士兵和马匹都因缺水患上了"尿血症"，恶劣的环境中找不到可以清热利水的药物，全军都十分焦急。

这时候，有一个叫张勇的马夫偶然间发现，有几匹患病的马神奇地不治而愈了。这引起了他强烈的好奇，于是他仔细观察这几匹马的状况，在马匹周围发现了一些被马啃过的野草。为了验证这些野草的药效，张勇亲自尝试，结果让他喜出望外。于是，他赶紧将此事上报给马武将军，将军听说后十分欢喜，激动地问这些野草生长在哪里。张勇用手指着一辆大车说："就在那大车前面。"马武笑着说道："此天助我也，好个车前草。"当下便命令全军上下都吃这种野草，果然大家的"尿血症"都得到了治愈。

从此，这种生长在乡野路边的野草便有了"车前草"的大名，代代流传了下来。

中国人的药膳食疗

我国中医理论中素来有"药食同源"的说法，比如：有一些植物，正常人吃的叫食物，而患病者吃的就叫药物。因此，我们能够见到的所有植物、动物或者矿物质等等，都可以纳入中药的范畴里。

车前草便是一个非常典型的例子。当人们饥饿觅食的时候，便可以采摘野生的车前草进行加工烹饪；而当人们出现"尿血症"等状况时，它便立马从食物摇身一变，成为拯救人们身体健康的"宝药小卫士"。

千百年来，中国古人发现了无数类似车前草的药材，并形成了非常丰富的药膳体系，帮助一代又一代华夏子女预防、治疗疾病，构筑了保障人们身体康健的"药草长城"。

餐桌上的中草药

薄荷： 新鲜的薄荷叶清爽可口，具有清心明目、解毒败火、疏风散热、增进食欲、帮助消化等多种功效。不过身体虚弱、汗比较多的人不适合食用哦。

薄荷

紫苏： 漂亮的紫色植物。用于风寒感冒、头痛咳嗽、胸腹胀满、鱼蟹中毒等。

紫苏

鱼腥草： 又名折耳根，具有清热解毒、消肿疗疮、利尿除湿、健胃消食等功效。因为具有特殊的鱼腥气而得名，但通过加工凉拌，也是一道不错的美食。

鱼腥草

车前草看起来非常不起眼，小小的、乱蓬蓬。但你可不能小看它，中国人很早就发现了车前草神奇的医治能力。当你喉咙肿痛去看医生时，也许医生开的中药里就有它的身影；有些长辈还会用车前子填充枕芯，据说有明目的效果。

车前草在今天的田间地头依然十分常见。一起去一睹真容吧！

你可以：
观察车前草生长的环境，它有什么样的特点呢？

在不同季节观察，看看车前草在不同时节的变化，通过画笔或语言记录下来。

做一个车前子香囊，将这份礼物送给家人朋友。

《殷其雷》

国风·召南·殷其雷

殷其雷，在南山之阳。何斯违斯？莫敢或遑。
振振君子，归哉归哉！

殷其雷，在南山之侧。何斯违斯？莫敢遑息。
振振君子，归哉归哉！

殷其雷，在南山之下。何斯违斯？莫或遑处。
振振君子，归哉归哉！

字词注释

殷其： 等于叠字殷殷，形容远处雷声轰隆隆。殷，雷声。

阳： 山的南坡。

何斯违斯： 为何这时离开这里。违，离开。也有人说前一个"斯"是指此人。

莫敢或遑： 不敢有任何闲暇，忙到没有空闲。莫……或，表否定。遑，闲暇。

振振： 振奋有为或是仁厚的样子。

息： 喘息，停歇。

处： 居住，停息。

今译

听那雷声响不停,隆隆在那南山南。
为何此时要离家?公务在身难安闲。
勤奋有为的君子,盼你早早归来吧!

听那雷声响不停,隆隆在那南山边。
为何此时要奔忙?公务在身不能歇。
勤奋有为的君子,盼你早早归来吧!

听那雷声响不停,隆隆在那南山下。
为何此时要远行?公务在身不能停。
勤奋有为的君子,盼你早早归来吧!

这是一首担忧思念亲人的盼归诗。

南山四处雷声隆隆,天气是如此恶劣。而"我"的亲人,却不得不在这个时候离家,到外奔波跋涉。"我"心中担忧,不禁问道:"你为什么走得这样急呢?"多想让亲人留在家中,哪怕多待一会儿。但谁都知道没有办法,"我"只能含泪告别,殷切地盼望他早日平安归来。这真叫人牵肠挂肚!

全诗每章字数不多,但是跌宕起伏,抑扬顿挫,层次丰富。时而提问,时而感叹,生动表现了主人公的担忧之情。

雷

"殷其雷"

雷电是在夏天经常发生的一种天气现象。

雷鸣与闪电相伴，雄伟壮观又令人有些害怕，充满了大自然的力量感。

雷电的产生

地面的水汽受热上升到高空，形成积雨云。

积雨云的不同部位聚集着大量的正电荷或负电荷，形成雷雨云。

地面受到近地面雷雨云的静电感应会带上与云底相反符号的电荷，从而形成电位差。

当雷雨云云层里的电荷越积越多达到一定强度时，就会把空气击穿形成闪电。

在出现闪电的同时，由于空气急剧膨胀和水滴汽化膨胀产生冲击波，就形成了雷声。

春雷声中复苏的万物

还记得我们在《七月》中学到的二十四节气吗？

其中春分便是一个非常重要的时间节点。

春分有三候，分别是"玄鸟至，雷乃发声，始电"，说的就是春雷了。

古人认为，冬去春来，阳气渐长，阴气渐消。阴阳此消彼长之际，互相碰撞便会产生雷声与电光。春分到来，便预示着雷电要开始重新回到人们的生活了。

"一夜春雷百蛰空，山家篱落起蛇虫。"宋朝王禹偁的这两句诗非常生动地描写了春分时节的景象。蛰伏了一个冬天的动物们感受到春天的阳气，破土的破土，出洞的出洞，好像春雷一声就是它们重归自然的号角声。

古代地理知识：山南水北为阳

"在南山之阳"

诗中以"南山之阳"指出雷声的方位，你知道这是什么意思吗？

这里其实涉及非常有趣的古代方位知识。

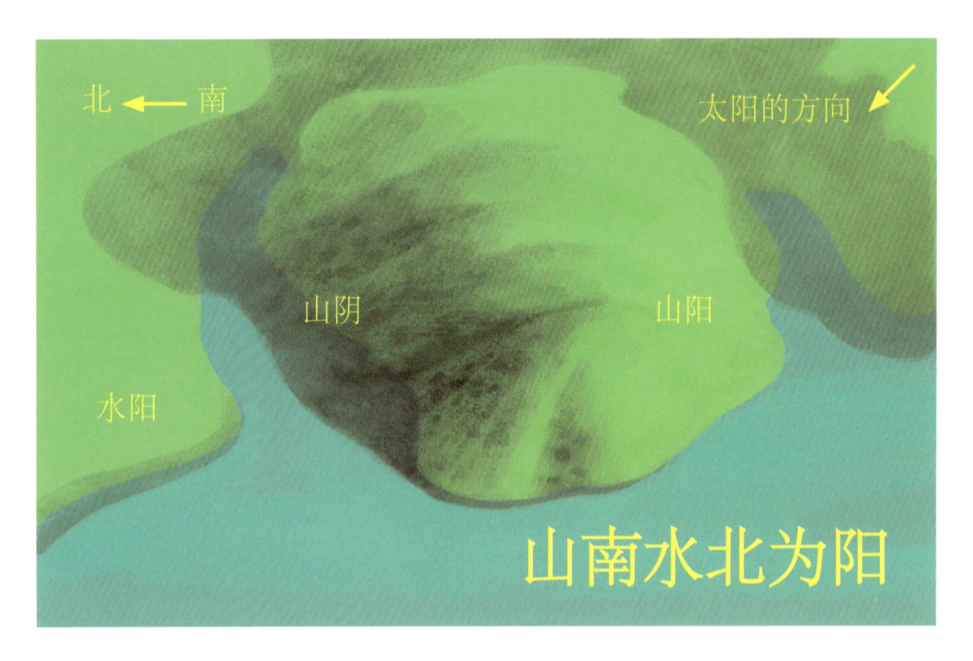

山南水北为阳

我们都知道：山有坡，水有岸。

当太阳从南面洒出阳光时，山的南坡和水的北岸能够获得更多的阳光。因此，古人就用"阳"来指代山和水的向阳面，并用一句顺口的话作了总结，那就是"山南水北为阳"，也就是山的南边和水的北岸就称作阳。反过来，山北水南则是阴。

"在南山之阳"也就是"在南山的南边"。

智慧的古人不仅发现了这个自然规律，还把它广泛运用到生活中。其中最常见的就是许多城池的命名。

　　古代交通不便，水路常常是运输的主力，因此许多城市都是因沿河而繁荣起来的。

　　比如我国的十三朝古都洛阳，便是因为它的城池在洛水之北而有了"洛阳"之名。

　　再比如江苏省的江阴市，就是因为坐落在长江以南，而被称为"江阴"。

　　打开地图找一找，还有哪些城市与此有关呢？

雷声、雨声、蝉鸣、鸟叫……我们生活在一个声音的世界里。我们的耳朵，每天无时无刻不在聆听着各种各样的声音。大自然的景致与变化，也经常引起我们心绪的变化：雷声雨声让人担心在外的亲人，阳光灿烂让人放心开怀……选择一种或者几种大自然的声音去仔细聆听、叙写，在这个过程中也学着感知他人的情绪、学会关心他人。

观察一下各种不同的天气（以雷雨天为例）：

□仔细观察雷雨天的情景。雨点有多大？电闪雷鸣是怎样的？雨中的天空是什么颜色的？雨中的世界又是怎样的？路上的行人、路边的植物……

□仔细听听打雷的声音、下雨的声音，听听雨点打在房顶、屋檐、树上、地面、水面的不同声响，还有雨中小动物们的声音。

□聆听不同天气里的各种声音，仔细观察不同天气的特点，用恰当的象声词和贴切的比喻，把你听到的、看到的都记录下来吧。你能不能描写出逼真、形象、生动的声音来？

春天

天气	时间	地点	听到的声音	看到的现象
雷雨	3月5日傍晚	家中阳台	天上传来"轰隆隆"的响声，紧接着"哗啦啦"下起了大雨。	雨点落在地面上，溅起一朵朵水花，仿佛是美丽的花儿在开放，又像是雨点在跳舞。

夏天

天气	时间	地点	听到的声音	看到的现象
雨后初晴				

秋天

天气	时间	地点	听到的声音	看到的现象

冬天

天气	时间	地点	听到的声音	看到的现象

《月出》

国风·陈风·月出

月出皎兮，佼人僚兮。舒窈纠兮，劳心悄兮。
月出皓兮，佼人懰兮。舒忧受兮，劳心慅兮。
月出照兮，佼人燎兮。舒夭绍兮，劳心惨兮。

字词注释

皎：明亮。

佼：通"姣"，美好。僚：通"嫽"，娇美。

舒：迟，缓慢，指从容娴雅。也有人说是发语词。

窈纠、忧受、夭绍：都是形容女子体态轻盈婀娜的样子。

劳心：忧心，表示思念之苦。

悄：忧愁。

懰：妩媚。

慅：忧虑不安。

燎：漂亮，光彩照人。

惨：通"懆"，忧愁烦躁不安的样子。

今译

月亮出来多皎洁，月下伊人真美俏。体态轻盈袅袅来，让我思念让我忧。
月亮出来多明亮，月下伊人真妩媚。婀娜多姿姗姗来，让我思念心烦恼。
月亮出来多清朗，月下伊人真鲜靓。倩影曼妙缓缓来，让我思念心牵绊。

这是一首月下怀人、表达思慕的诗歌。

月亮升起，月光皎洁如水，月下的女子姿态轻盈、貌美如仙，引发诗人无限思慕之情。

本诗共三章，每章反复咏叹，形容词几乎占了一半的篇幅，刻画月之明、人之美与心之向往。每句末，以"兮"结尾，极具绵长深沉之感。

这首诗可以说是我国文学史上最早用明月喻美人的诗篇，同时也开创了诗歌以"月"为意象、"歌月怀人"的先河。

月的形态

"月出皎兮""月出皓兮""月出照兮"

新月 / 上弦月 / 满月 / 下弦月

每月第一天：朔 / 每月十五：望 / 每月最后一天：晦

古朗月行（节选）

〔唐〕李白

小时不识月，呼作白玉盘。

又疑瑶台镜，飞在青云端。

你观察过夜空中的月亮吗？你会用哪些形容词来描述月亮呢？

当我们抬头仰望夜空的时候，会发现：月亮有时像圆圆的银盘，有时像被咬了一口的圆饼，有时又变成了弯弯的细眉……形态可真多啊！

你喜爱月亮吗？月，在中国人的心中可不仅仅是环绕着地球转动的星球，它是美的象征、是团圆的形状、是人生百态的缩影。从古至今，中国人对月亮往往有着独特的感情，在很多古诗词中，经常会看到月亮的身影。

《松溪泛月图》〔宋〕夏圭

月与美

月亮是美的象征。无数诗人赞美月下美景，倾吐对美好事物和清朗意境的向往。

春江潮水连海平，海上明月共潮生。——〔唐〕张若虚《春江花月夜》
明月松间照，清泉石上流。——〔唐〕王维《山居秋暝》

月与思念

相隔千里的亲友，望的是同一轮明月。思念无处安放，仿佛用明月寄托便可传情达意。

举头望明月，低头思故乡。——〔唐〕李白《静夜思》
海上生明月，天涯共此时。——〔唐〕张九龄《望月怀远》

月与人生

月亮在短暂的日子里时圆时缺、时暗时明，又在广阔的时空里恒久存在，带给人们无尽思索与遐想。

今人不见古时月，今月曾经照古人。——〔唐〕李白《把酒问月》
人有悲欢离合，月有阴晴圆缺，此事古难全。但愿人长久，千里共婵娟。——〔宋〕苏轼《水调歌头》

月相的形成

月球本身不会发光，我们之所以能看到皎洁的月亮，是因为它能够反射太阳的光芒。

天文学家为了便于称呼，就为我们在地球上看到的月球被太阳照亮部分的形状起名叫"月相"。对照图片，认一认常见的月相吧。

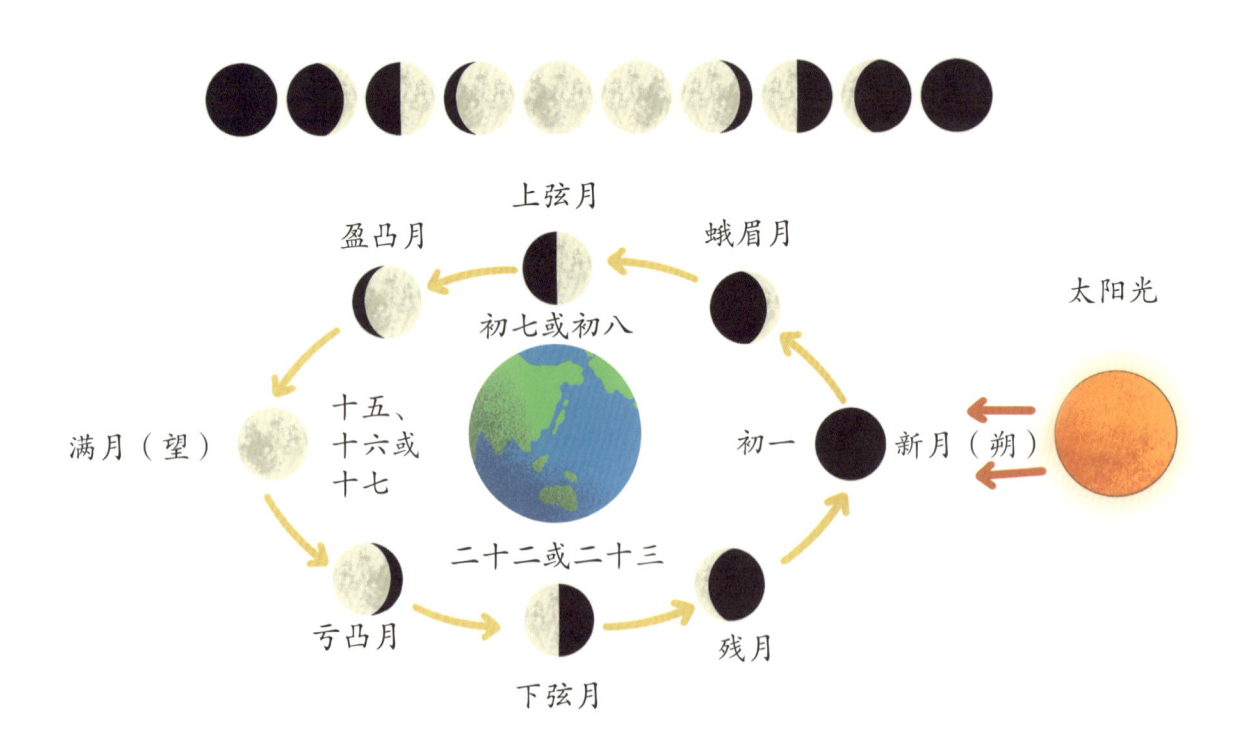

月球绕着地球转，地球绕着太阳转，太阳、地球、月球三者处于不同的相对位置时，就形成了月相变化。

聪明的古人也很早就通过观察发现，夜晚的月亮有着圆缺的变化：每隔一段时间，就会有一整夜看不到月亮；随后的日子里，会有细细的月牙出现在傍晚天空中；然后月牙逐渐变粗，越来越丰盈，成为一轮满月；这之后满月又会慢慢残缺，又成为一弯月牙；最后又整夜都无法看见月亮了。

古人观察到这个周期性的循环，于是就把月亮整夜都看不见的这一天称为"朔日"，满月的这一天称为"望日"，而"由朔至望再回到朔"的周期就是一个"朔望周期"。

通过日积月累的观测，朔望周期通常是29天或30天，这就是中国农历中"月"的来历。

在晴朗的晚上抬头仰望夜空，时圆时缺的月亮到底隐藏了怎样的宇宙奥秘？

你可以观察每天的月亮，做为期一个月的月相观察日记（可以从当月的农历初一开始，每3天做一次记录），用画笔记录你所看到的月相，并在旁边写下：月亮看上去像什么，月下有怎样的美景。

你发现了什么规律？

你可能发现，有几天你一直等到睡觉前都看不到月亮。

思考一下，这是为什么呢？

初一	初二	初三	初四	初五	初六	初七	初八
观察时间	观察时间	观察时间	观察时间	观察时间	观察时间	观察时间	观察时间

初九	初十	十一	十二	十三	十四	十五	十六
观察时间	观察时间	观察时间	观察时间	观察时间	观察时间	观察时间	观察时间

十七	十八	十九	二十	廿一	廿二	廿三	廿四
观察时间	观察时间	观察时间	观察时间	观察时间	观察时间	观察时间	观察时间

廿五	廿六	廿七	廿八	廿九	三十		
观察时间	观察时间	观察时间	观察时间	观察时间	观察时间	观察时间	观察时间

附录

几点说明

1. 诗无达诂

在离《诗经》编成年代不远的汉代就已有"诗无达诂"的说法,意思是《诗经》没有确切的释义,常常因人因时产生不同的意思。古往今来对《诗经》的解读数不胜数,因而很难说有标准释义。本系列读物的解诗原则如下:以古今重要注解和研究著作为本,听取学术顾问的建议,在不违背诗义大方向的前提下,**以适合孩子、适宜引导、贴近生活为标准**作阐释和延伸。若与其他教材和读物有所出入,在严谨性前提下,读者们可包容兼听。

2. 部分读音

汉字的读音在漫长的发展过程中早已有了好几轮的变化，这也经常引起争议。本系列读物的注音基本选取学术界广泛认可的读音，部分有争议处在注释里标出，正文注音的选取标准是便于孩子理解或是和当下教科书一致。部分字词的释义也是同样。

3. 名物争议

《诗经》中有大量鸟兽草木虫鱼之名，有很多在今天已难以分辨究竟为何物。本书在文化拓展部分的名物插图，大部分选自绘制精美的彩绘古籍《诗经名物图解》（日本江户时代的儒学者细井徇撰绘），可作为参考。对有明显争议的名物，我们也在文中有所说明。大可让孩子们在事实的基础上发挥想象力，多多探索可能的世界。其他插画均是根据诗意所绘的参考示意图，便于孩子阅读和理解；还有少量图片选用了合适的公开资料。

图书在版编目（CIP）数据

在《诗经》中探索自然 / 杭州西湖国学馆，杭州市文物遗产与历史建筑保护中心编著 . -- 北京：红旗出版社，2024.7

（我在孔庙读经典）

ISBN 978-7-5051-5419-3

Ⅰ．①在… Ⅱ．①杭…②杭… Ⅲ．①《诗经》—少儿读物 Ⅳ．① I222.2

中国国家版本馆 CIP 数据核字（2024）第 104565 号

书　　名	在《诗经》中探索自然		
编　　著	杭州西湖国学馆　杭州市文物遗产与历史建筑保护中心		
责任编辑	丁　鋆	丛书名题字	陈雷激
责任校对	吕丹妮	装帧设计	高　明　谢敏婕
责任印务	金　硕		
出版发行	红旗出版社		
地　　址	北京市沙滩北街2号	邮政编码	100727
	杭州市体育场路178号	邮政编码	310039
编 辑 部	0571-85310806	发 行 部	0571-85311330
E－mail	rucdj@163.com		
法律顾问	北京盈科(杭州)律师事务所　钱　航　董　晓		
图文排版	浙江新华图文制作有限公司		
	杭州市拱墅区翼宝展示设计工作室		
印　　刷	浙江新华印刷技术有限公司		
开　　本	889毫米×1194毫米		1/16
字　　数	42千字	印　张	3
版　　次	2024年7月第1版	印　次	2024年7月第1次印刷
ISBN 978-7-5051-5419-3		定　价	29.00元